親愛的鼠迷朋友，
　歡迎來到老鼠世界！

謝利連摩・史提頓

Geronimo Stilton

《鼠民公報》
辦公室

賴皮
（謝利連摩的表弟）

班哲文
（謝利連摩的姪兒）

謝利連摩·史提頓

菲
(謝利連摩的妹妹)

老鼠記者 99

荒島求生大考驗
IL SEGRETO DI PORTO TANFOSO

作　　　者：Geronimo Stilton　謝利連摩·史提頓
譯　　　者：陸辛耘
責任編輯：胡頌茵
中文版封面設計：蔡學彰
中文版美術設計：羅益珠
出　　　版：新雅文化事業有限公司
　　　　　　香港英皇道499號北角工業大廈18樓
　　　　　　電話：（852）2138 7998
　　　　　　傳真：（852）2597 4003
　　　　　　網址：http://www.sunya.com.hk
　　　　　　電郵：marketing@sunya.com.hk
發　　　行：香港聯合書刊物流有限公司
　　　　　　香港荃灣德士古道220-248號荃灣工業中心16樓
　　　　　　電話：（852）2150 2100　傳真：（852）2407 3062
　　　　　　電郵：info@suplogistics.com.hk
印　　　刷：C & C Offset Printing Co., Ltd
　　　　　　香港新界大埔汀麗路36號
版　　　次：二〇二一年五月初版

老鼠記者 Geronimo Stilton

荒島求生大考驗

謝利連摩・史提頓
Geronimo Stilton

新雅文化事業有限公司
www.sunya.com.hk

目錄

金迪・精明鼠

「專業精明旅行社」社長。

莎莉・尖刻鼠

《老鼠日報》的總裁。

洛麗泰・托瑪

《老鼠日報》的專欄記者。

帕露拉・帕球鼠

著名的退役運動員，現為老鼠電視台的體育記者。

表哥，你怎麼看起來有點急躁？

　　這是夏季末的一天，我正坐在辦公室裏忙於工作。這天外面的風勢不小，你們看，一陣大風從窗戶颼進來，把一片又一片的樹葉捲起了。

呼呼呼呼呼！

啊，這樣一個寧靜愜意的工作日，真是舒服極了呢！

啊呀呀，真不好意思！看我這麼粗心的，忘記了自我介紹呢！我叫史提頓，**謝利連摩·史提頓**。我經營着《**鼠民公報**》，也就是老鼠島上最著名的**報紙**！

我不知道你們是否知道（*要是你們不知道，那就讓我來告訴你們！*），在一家報社裏，要操心的事可多了，比如：我要和編輯們開會策劃選題、審核文稿、檢查照片是否合適，我自己還有很多稿件要編輯、撰寫……

坦白告訴你們吧，有時候，**壓力**真的太大了啦，讓我緊張得鬍鬚亂顫！

這天早上，我卻覺得十分放鬆。

我正舒舒服服地坐在**書桌**前，呷了一口乳酪奶昔，準備開始寫一篇社論*。就在這時……

*社論：指報章雜誌上評論社會時事的文章。

表哥，你怎麼 看起來有點急躁？

我辦公室的大門突然 **打開**了……

「表哥，你好啊！」我的表弟賴皮大聲嚷着說。

咕吱吱！我嚇了一大跳，把手裏的**乳酪奶昔**打翻了，整杯飲品灑在我正準備修改的稿件上……

為什麼為什麼為什麼倒霉的總是我？！

賴皮不以為意仍大聲喊叫：「表哥，你怎麼看起來這麼緊張急躁？不，應該說是坐立不安！不不，簡直是**手忙腳亂！**我說，你是不是沒有睡好呀？」

我吱吱叫道：「我睡得好極了！是你應該學會敲門才對！」

當我站起身時，腳下一滑……「**砰！**」

我的**腦袋**撞了在書桌上。

啊呀呀！痛死我了啦！！！

「看你總是這麼笨手笨腳的，簡直就像融化的乳酪！」賴皮幸災樂禍地說。

我正要重新坐下，椅子卻移動了位置……

 砰嗲！！！！！！！

我一屁股摔在地上，不偏不倚，壓到了我自己的尾巴！

　　真是痛死鼠了啦！

　　「唉，**不可救藥！**」賴皮又說。

　　他湊到我身旁，仔細打量起我，咕噥着道：「眼睛浮腫⋯⋯膚色暗沉⋯⋯反應遲鈍⋯⋯表哥，你看起來真是**憔悴**極了！」

我不禁火冒三丈，説：「我明明好得很……直到你的出現！」

　　賴皮連忙搖起頭來，自顧自説：「你就別隱瞞我了！你最近是不是壓力很大？你真是個幸運的傢伙！知道為什麼嗎？因為有我幫你！嘿嘿，為了我親愛的表哥，我一定會赴湯蹈火！！！」

　　我不禁歎了口氣。唉，看着吧，接下來，我一定又會遇上一連串的麻煩事！

你還記得金迪嗎？

賴皮在我面前坐下，開始向我解釋說：「你有沒有聽過**豪鼠度假村？**」

我回答說：「欸？好像……好像沒有……」

賴皮大吃一驚，說：「這怎麼可能，表哥？！這是整座老鼠島上最奢華的酒店，只接待**VIP**貴賓！不過現在，因為本鼠的面子，你也可以去那裏度過一個輕鬆的假期！是不是很高興呢？」

我支支吾吾，猶豫不決地回答說：「這……我才剛剛**度假**回來呢……」

賴皮立刻說道：「老實交代，你是不是覺得自己不夠資格？哎呀，別擔心啦！我都打點好一

切了！誰讓我一直這麼能幹！再說了，還有金迪幫我呢！」

「金迪？？？」我聽得一頭霧水，問道。

「對啊，你難道忘了我那個好朋友**金迪‧精明鼠**嗎？」

以一千塊莫澤雷勒乳酪的名義發誓，我當然記得他啦！當初就是拜他所賜，我才會經歷有史以來最**糟糕**的一次假期！

金迪‧精明鼠

他是「**專業精明旅行社**」的老闆，總是戴着一副太陽眼鏡，把自己的皮膚曬得黝黑（哪怕是冬天大雪紛飛的時候！）。

他喜歡夏威夷風格的襯衫、俗氣的紀念品，還有……能任由他騙錢的傻瓜！

這名字，我簡直連聽都不想聽到！

　　於是，我便找機會岔開話題，說：「呃……我看，你還是趕快回去工作吧……」

　　但是，賴皮卻賴着不走，打開平板電腦豪鼠度假村的**廣告**頁面給我看，滔滔不絕地說：「你快看看，它是多麼的豪華氣派！難道你就不想舒舒服服度假嗎？而且，整個旅程是完全免費的呢！」

　　我瞄了一眼平板電腦上的照片：蔚藍的大海、翠綠的棕櫚樹、寬敞舒適的酒店房間，還有視野一望無際的寬闊泳池……

　　賴皮說得沒錯，這地方真是誰都無法抗拒呢！

　　賴皮繼續說：「你看起來很**憔悴**！想要放鬆身心的話，還有哪裏會比這個地方更合適呢？」

「沒錯，我是有點累……」我沒好氣地回答。

賴皮窮追不捨，說：「那還猶豫什麼？而且，我早跟你說了，這可是**免費**的呢！」

雖然我依然有些疑問，但還是有點心動了，心想：「說不定這真是一個難得的好機會呢！」這時，我突然想起了什麼，問道：「呃……那這和金迪‧精明鼠有什麼關係呢？」

賴皮回答道：「金迪・精明鼠的『**專業精明旅行社**』舉辦了一場專為妙鼠城傳媒舉辦的競賽，以『*免費假期？獨家新聞？堅持到底，統統歸你！*』這個主題口號招募傳媒工作者參加。獲勝者不僅可以去度假村免費度假，而且能獲得獨家新聞。另外還可以……帶一名**旅伴**一同前往！」

　　我終於猜到了賴皮的心思……

　　於是，我說：「這樣我明白了，原來你是想讓我**贏**得比賽，然後帶你一起去度假！」

　　賴皮吱吱叫道：「沒錯！表哥，可別怪我沒提醒你：要是沒有我，你怎麼可能贏下冠軍？再說了，這是一個千載難逢的好機會啊！你想想，那裏有多少VIP貴賓入住，我能逐一跟他們自拍合照呀……呃……我是說，你能為《**鼠民公報**》獲得很多**獨家新聞**……獨家採訪……獨家照片……」

我還是有些遲疑，於是問他：「那傳媒**競賽**的主題是什麼？」

賴皮立刻回答：「噢，表哥！你別問那麼多，相信我就是了！」

我不禁嘀咕説：「我⋯⋯我怎麼知道你説的是不是真話⋯⋯」

「哎呀，『不入虎穴，焉得虎子！』你就別再畏首畏尾像個**傻瓜**一樣了！快跟我來！」

説着，他便一把拉着我走出了辦公室。

歡迎你，謝利摩摩！

賴皮二話不說就把我推上一輛計程車，並對司機說：「快，去妙鼠城的**直升機場**！」

什麼什麼什麼？度假村怎麼又和直升機場扯上關係了呢？我完全弄不明白呀！

沒過幾分鐘，我們就抵達了目的地。賴皮一把將我推下**計程車**，大喊道：「快點快點，金迪正等着你呢！」

「什麼？」我吱吱叫道，一頭霧水。

在停機坪上，我們頭頂上方不時傳來直升機的螺旋槳「嘩嘩嘩」轉動的聲響，揚起的**狂風**把我們的毛皮吹得亂七八糟！

賴皮解釋道：「想要入住豪鼠度假村，我們就必須先贏得比賽……」

「而競賽就從這裏──我的頂級**直升機**開始！」金迪‧精明鼠接着說道。

只見他倆熱情地擁抱在一起。

「賴皮，我親愛的朋友！好久不見！哎喲，你怎麼總是這麼帥氣呀！」精明鼠讚美道。接着，他將太陽眼鏡滑到眼前，開始仔細打量起我，從鼻尖到尾巴，一寸都不放過！「謝利摩摩！你怎麼還是那副**斯卡莫札乳酪**的模樣呀？」

我氣呼呼地糾正道：「謝利連摩！我的名字是謝利連摩！」

「禁止吹毛求疵，謝利摩摩！」

這下，我更**生氣**了，連鬍鬚都亂顫起來！

其他參賽者也都來到了……以一千塊莫澤雷勒乳酪的名義發誓，居然連《老鼠日報》的老闆——莎莉·尖刻鼠也來了！

這位競爭對手一看見我，就立刻尖聲說：「哼！妙鼠城裏最傻、最無能的總編輯居然也來參賽了。」

我硬着頭皮回應道：「你好，莎莉……最近好嗎？」

只見她吞下一塊乳酪**巧克力**，繼續說：「我看你還是立刻退出比賽吧，免得像個**大笨蛋**一樣丟人現眼！這場比賽，我和洛麗泰·托瑪是贏定了的，哼！」

莎莉·尖刻鼠

洛麗泰·托瑪

我曾聽過洛麗泰的名字，她是《老鼠日報》「時尚萬歲」專欄的記者。不過，她和莎莉‧尖刻鼠不一樣，看來是一隻溫文有禮的女鼠呢！她不僅和我們握了手爪，還對我們展現了甜美的笑容。

賴皮猶如紳士一般朝她鞠躬，一邊親吻她的手爪，一邊說道：「期待和你切磋！」

除了我和莎莉‧尖刻鼠，還有一位參賽記者：帕露拉‧帕球鼠。她是著名的欖球退役運動員，現在負責主持老鼠電視台的體育賽事。

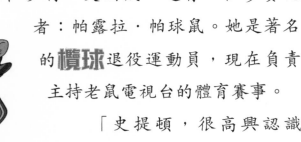

「史提頓，很高興認識你！」帕露拉一邊自我介紹，一邊緊緊握住我的手爪。

啊呀！握得也太緊了吧！她的力氣怎麼這麼大呀！

拉塔里奧‧利卡提斯

帕露拉‧帕球鼠

在她身旁還站着一位風度翩翩的男士，只聽他用微弱的聲音説道：「尊敬的史提頓先生，久仰久仰。我是拉塔里奧·利卡提斯公爵，是身旁這位嫻靜淑女的朋友。能夠與你相識，實在榮幸之至。」

「嫻靜淑女」？他是指帕露拉·帕球鼠?!

「俗話説：『時間就是金錢』。各位參賽者，大家趕快登上我的寶貝直升機吧！」他一邊説，一邊指着一架破破爛爛的直升機，上面印有『專業精明旅行社』的標誌。

聽到他的話，我不禁渾身哆嗦，就像塊布丁一樣：「不⋯⋯不會吧?!」

你們都知道，我的膽量一向不大。但要説到有什麼真的會讓我**膽戰心驚**，那絕對是飛行了⋯⋯尤其是乘坐這種老爺直升機！

「史提頓，難道你以為我們是要坐飛機看風景嗎？哼！」莎莉・尖刻鼠在一旁冷嘲熱諷。

「可是……我……我不……」我害怕得連話都說不清了，臉色蒼白得就像莫澤雷勒乳酪一般。

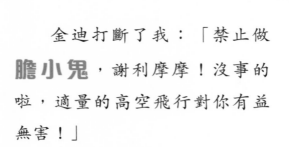

快來吧！

瞧瞧這傢伙

金迪打斷了我：「禁止做膽小鬼，謝利摩摩！沒事的啦，適量的高空飛行對你有益無害！」

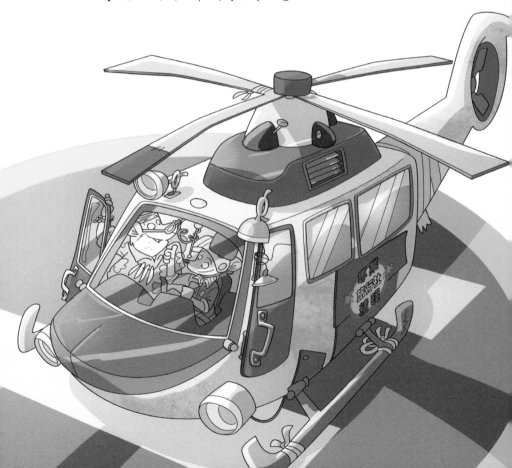

　　只見駕駛員發動了直升機，螺旋槳立刻開始
高速旋轉：「噠噠噠噠噠噠！」

　　金迪大聲喊道：「各位參賽者，趕快登機
吧！一場頂級旅程即將展開！」

「免費假期？獨家新聞？
堅持到底，統統歸你！」

　　就這樣，我登上了直升機，它不停地向上升啊升啊升。

　　真是嚇死鼠了！我要下去！我要回家！

至於機上的其他參賽者，他們個個都表現得高興雀躍。

　　「你們看啊，那是**幸福山丘！**」洛麗泰指向一片壯麗的風景。

　　大家紛紛望向窗外，陶醉其中⋯⋯除了我。因為我有畏高症，**暈機浪**嘛！

「表哥，快睜開眼看看，**老鼠島**已經在我們的腳爪下啦！你怎麼就一點也不懂得欣賞美景呢？」賴皮抱怨。

　　「我……我怕……不是……哎呀……我們到底要……要去哪裏？」

　　誰也沒有理睬我，只有金迪突然高聲喊道：「現在我宣布，專業精明旅行社傳媒競賽──

「免費假期？獨家新聞？堅持到底，統統歸你！」

正式開始！想要在豪鼠度假村免費享受一周假期，各位得先在一個秘密地點度過三天時間，並且經歷**四項考驗**！不過，請注意：比賽進行期間，所有參賽者嚴禁使用手提電話，也不得與外界有任何聯絡！」

我的臉「刷」地變得如同莫澤雷勒乳酪一般蒼白：我到底怎麼會相信賴皮的話？！

　　與此同時，**直升機**已經飛越幸福山丘，來到千湖之湖，並朝着悶臭港飛去。

　　莎莉・尖刻鼠不禁叫道：「我們到底是要去什麼地方啊？！」

　　金迪回答：「女士，請不用擔心。我們即將到達的目的地正是……悶臭港！！！」

咕吱吱！
悶臭港？！

　　「那是一個不毛之地，荒蕪至極，而且還……**臭氣熏天！**」我不禁抗議說。

悶臭港

老鼠島

金迪‧精明鼠又回應道：「的確，在我旅行社的客戶中，沒有哪一位是願意到那裏去的！而老鼠島上，只有我擁有那個**頂級**地點的獨家經營權！」

　　莎莉不禁尖叫說：「開什麼玩笑啊？哼！」

　　拉塔里奧公爵也流露出嫌棄的表情，說道：「這該如何是好？我對**臭味**極其敏感。」

　　帕露拉俏皮地拍了拍他肩膀，說道：「哎呀，放輕鬆啦！」

　　我忍不住問：「那……那……呃……那四項考驗究竟是什麼？」

　　金迪還沒來得及回答，洛麗泰就驚呼：「快看！我們已經抵達**悶臭港**啦！」

　　我鼓足勇氣，朝窗外瞥去。只見悶臭港標誌性的**燈塔**就轟立在遠方。在那燈塔的後面，有一座荒廢了的大型工廠。

從前，那工廠把大量廢料排進河道，並不斷排放大量廢氣，**污染**了整片區域的環境……

　　住在工廠附近的居民只好搬去別處，從此，悶臭港和附近的沙灘不見**鼠影**。不知已經有多久，沒有鼠民踏上過這片土地……

　　除了我們……

創紀錄的一躍

　　直升機開始降落。我滿懷希望地緊貼在舷窗邊，然而，我所看到的，除了**水**，和**水**，還是**水……**此時，我們距離悶臭港的燈塔就只有幾十米了，附近的堤壩和舊工廠的廢墟也一覽無遺。

　　我不禁問金迪：「我……我們是要降落在沙灘上嗎？」

　　他朝我擠了擠眼，回答道：「降落？誰說要**降落**了？」

　　咕吱吱！什麼什麼什麼？

　　金迪捲起他那件印花襯衫的袖子，大聲宣

布道：「**第一場考驗**即將開始！比賽形式就是……從15米高處**跳入**海中！然後鬥快游到岸邊！禁止磨蹭！」

哎？什什什什麼?! 不不不不不不不！

因為壓力，我的鬍鬚不禁亂顫起來。一秒之後……**砰嘭 !!!!!**

我暈了過去。

賴皮把一塊**煙熏乳酪**提到我鼻子前，想讓我恢復意識（*為什麼他的口袋裏總會裝滿乳酪呢？他究竟是怎麼做到的呀?!*）

表哥……

我清醒了過來，立刻開始抗議：「不行，不行，就是不行！我不要跳水！我不想把自己的毛皮弄髒！不想就是不想！」

　　賴皮卻已經全副武裝，穿好了跳水**裝備**，來到直升機的艙門前。

　　只聽他得意洋洋地宣布：「嘿嘿！各位，快看這裏！跳水冠軍即將為你們表演！」

　　兩秒之後……

撲撲撲撲撲通！

　　只見賴皮如同石頭一般，沉入水中，濺起無數水花。

　　金迪清了清嗓子，隨後拿出一本筆記簿寫下記錄，說：「嗯……勇氣可嘉，不過說到技術，還是差遠了。我打……**4分**。」

隨後，他抬起頭看着大家説：「繼續！誰跳得**最好**，誰就獲勝！」

於是，其他參賽者也相繼躍入水中……

- 賴皮·史提頓：炸彈式跳水，姿態不雅，欠缺技術。分數：4！
- 洛麗泰·托瑪：前空翻，姿態優美，但不該戴着項鏈，因為可能會遺失。分數：6！
- 拉塔里奧·利卡提斯：後空翻，完成較好，但為顯得體，浪費了太多時間調整救生衣。分數：7！
- 莎莉·尖刻鼠：這是跳水嗎？簡直是倒栽葱！分數：0！
- 帕露拉·帕球鼠：絕佳一跳，入水時幾乎與水面呈90度直角，專業水準。分數：8！

真是嚇死鼠了啦！

接下來，就只剩下我一個沒跳了！

我渾身顫抖個不停，來到艙門邊，瞄了一眼腳下。

哎喲喂喂喂！

一陣天旋地轉！

不行不行，我頭暈啊⋯⋯

我轉過身去，想重新坐到座位上，但就在這時，一陣狂風吹得直升機左搖右晃⋯⋯把我直接摔了出去。

我閉上雙眼，不禁大喊：

「**救命啊啊啊啊啊！！！！**」

我不停地轉啊轉啊轉⋯⋯直到⋯⋯砸進水中。

「咕嚕嚕！咕吱吱！咕嚕嚕！」

　　我一邊大喊，一邊從水裏探出腦袋。

　　只見沙灘離我很遠……唉，我只好使出全身力氣，拚命向岸邊**游去**！

　　這時，金迪從直升機上放下一把梯子，降落到沙灘上，興奮地宣布：「第一個比賽項目的優勝者已選出！」

只見他來到我身邊，舉起我的手爪，說：「最佳跳水選手是謝利摩摩·史提頓！」

什麼什麼什麼？我吃驚得*目瞪口呆*，不懂得如何反應。

他繼續說道：「他的動作是向內跳水轉體三周，呈90度直角入水！」

他說的……是我?!

金迪宣布：「我給的分數是**10分**！比賽的第一回合獲勝者是——賴皮、謝利摩摩組合！」

「是『謝利連摩』啦！」我又忍不住糾正道，「謝—利—連—摩！」

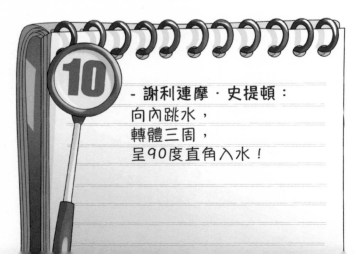

- 謝利連摩·史提頓：
向內跳水，
轉體三周，
呈90度直角入水！

你會建樹屋嗎？

帕露拉・帕球鼠緊緊抱住我（*抱得也太緊了吧！*）：「做得好，史提頓！真是精彩一跳！」

「謝⋯⋯謝謝⋯⋯」我真的喘不過氣了！

接着，我便打了個大大的噴嚏：「乞嗤！」

金迪・精明鼠給每位參加者派發了一套乾衣服，他給我派發了一件白色T恤（*也太緊身了吧！*）和一條綠色褲子（*也太寬大了吧！*），還有一頂**草帽**（*也太老土了吧！*）。

這時，莎莉・尖刻鼠攔在金迪的面前，大聲嚷嚷道：「喂！哼！你腦子壞了嗎？裝的都是貓糧嗎？我剛才的**跳水**姿勢明明是最好的！哼！」

金迪搖搖頭：「禁止抗議，女士！我勸你們還是把握時間趕快在這兒四處看看吧，這個地方就是你們未來三天的住處。」

我們發現自己正置身於燈塔附近的沙灘上，四周一片荒涼（垃圾倒是四處可見！），臭氣熏天。在沙灘後面，有一片荒涼的森林。

沿着森林向遠方望去，則是一座光禿禿的高山。

「真是一片不毛之地，」拉塔里奧公爵嗤之以鼻說。

「這裏連一朵小花都沒有，真是寸草不生！」洛麗泰也眉頭緊鎖。

真是寸草不生！

這時，莎莉沒好氣地插話說：「金迪，哼！我們晚上到底在哪裏睡覺？」

只見金迪露出狡點的笑容，回答道：「什麼？你們居然還不明白？**第二場考驗**，就是你們得為自己搭建一間樹屋！」

以一千塊莫澤雷勒乳酪的名義發誓，這真是一項大工程呢！

「那要是不能完成任務呢？」我不禁憂心忡忡問道。

金迪回答說：「總之，要是你們無法完成，就只能露宿沙灘。不過，別怪我沒提醒你們，這個小島夜裏可能會**寒風凜冽**。好了好了……時間就是金錢，趕快開工吧！」

「為什麼，為什麼，為什麼我會同意參加這場競賽？！」我吱吱叫道，絕望地說。

這時，賴皮來到我身邊，安慰說：「表哥，輕鬆一點啦！你難道不知道，我的拿手好戲就是搭建**樹屋**嗎？」

説完，他便朝森林走去，催促説：「快點，幫我一起撿柴枝。不對不對，是你負責撿柴枝，我去找些結實的藤枝和樹枝生火！」

　　於是，我跟賴皮走進了那片荒涼的**森林**。那裏荊棘叢生，我不得不時刻小心，生怕被它們刺到，或是絆倒，又或是撞上樹枝！

　　終於，這裏一根，那裏一枝，我很快就抱回了一堆**柴枝**。

　　賴皮開始建造樹屋，給我下達了一道又一道命令，説：「撐這裏！綁那裏！捆這裏！」

　　最後，我們的樹屋終於搭起來了……我是説，差不多建起了。

　　我在賴皮耳邊 **低聲** 問道：「你確定它不會倒嗎？」

　　賴皮回答說：「百分之一百肯定，表哥！你就放心吧！」

　　說着，他便用爪子敲了敲我們的屋子……

砰嘭！

　　樹屋竟然瞬間倒塌了！

　　咕吱吱！怎麼會這麼倒霉啊！

我灰心地望向旁邊其他參賽者的樹屋。雖然帕露拉·帕球鼠和拉塔里奧他們的樹屋看起來也**搖搖欲墜**，但至少立了起來，比我們的屋子好多了。而莎莉和洛麗泰的樹屋就最為穩固——簡直像由專業人士所搭建一樣。

以一千塊陳年乳酪的名義發誓，她們究竟是怎麼做到的呀？

金迪立刻宣布：「第二場比試的獲勝方是莎莉‧尖刻鼠與洛麗泰‧托瑪，她們的樹屋**無與倫比！**」

莎莉得意地大喊，說：「豪鼠度假村的獨家新聞統統歸我，哼！」

噠　噠　噠

這時，金迪已經再次登上**直升機**，向妙鼠城開去，只剩下我們，孤零零地留在那片荒蕪的沙灘上。

瑟瑟發抖的一夜……

　　此時，太陽已經下山了。在帕露拉·帕球鼠和拉塔里奧公爵的幫助下，我和賴皮好不容易，總算在天黑前重新搭好了我們的樹屋。金迪·精明鼠説得沒錯，一到晚上，這裏就颳起了陣陣涼風呢！

呼呼呼呼呼呼呼呼！

　　這時，我的肚子開始咕嚕咕嚕叫個不停！

　　幸好，每位參賽者都獲分發了一些物資：

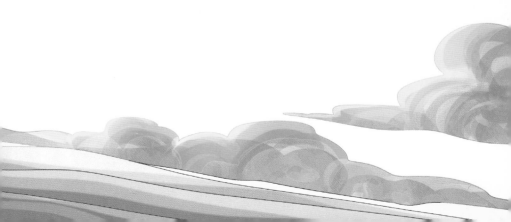

1. 一個毛皮睡袋（破了好多個洞！）
2. 一個行軍水壺（裏面的水已經涼了！）
3. 一塊塔列吉歐**乳酪**（可能已經過期！）
4. 一個手電筒（電池幾乎用盡了！）

夜幕很快降臨。在這樣漆黑的**夜色**裏，連羊乳酪和水牛乳酪也根本分不清。唯一能看見的，是遠處映照在燈塔光束下的**工廠**廢墟。

這樣陰森的景象，真是讓鼠毛骨悚然。

賴皮說道：「我們得儘快生火！你看，其他參賽者都已經在生火了！」

我說：「我們明明已經有**手電筒**啊！」

賴皮尖叫說：「悶臭港已經被廢棄多年，你難道不知道，這裏會有兇惡的野獸出沒嗎？我們才不能讓野獸靠近！」

兇惡的野獸?! 嘩啊，不會吧！

賴皮繼續說道：「看你怕成這樣！你難道忘了，很久以前我曾經參加過**危險**的遠征考察，在荒蕪的野外做過嚮導的嗎？好了好了，你趕快去森林裏再收集一些柴枝回來……」

我支支吾吾地說：「誰？要我去？在這個時候？」

賴皮不依不饒，說：「表哥！你總不希望我們一整晚都沒有火吧？」

我害怕得渾身發抖，就像一塊**斯特拉奇諾乳酪**一樣。可是，我還是硬着頭皮鑽進了森林。我舉着手電筒，在樹林間穿梭。哪怕是聽到一點點輕微的響動，我都會以為是有**怪物**躲在黑暗的角落。咕吱吱！！！

我不敢發出一點聲音，靜靜地，悄悄地，撿起腳邊的樹枝就馬上跑回去。

我們幾經嘗試，在第十一次點燃火堆時，賴皮終於成功生火了！

很快，就到了睡覺時間。悶臭港的夜晚真是寒風凜冽，我不得不鑽進**毛皮睡袋！**

咕吱吱吱吱吱！

怎麼會這麼冷！怎麼會這麼黑！怎麼會這麼可怕！太陽太陽，求求你，快點出來吧！

你們的目標是……椰子！

那天晚上，我幾乎沒怎麼睡着，因為……這個地方又冷又**臭**又可怕！

我好不容易閉上眼睛，轉眼已到天亮了。沒多久，我就被一陣震耳欲聾的聲音驚醒了：

噠噠噠！噠噠噠！

以一千塊陳年乳酪的名義發誓！我探頭查看樹屋外面的情況，原來那是金迪·精明鼠的直升機……

「禁止偷懶！」他一邊呼喊，一邊爬下梯子，「**第三場考驗**馬上開始。」

「難道連吃早餐的時間都不給我們嗎？！」

我不禁問道。

「你想吃什麼早餐？我們只有這塊**發霉**的塔列吉歐乳酪……」賴皮在一旁提醒我，「我的肚子已經比這裏的山洞還要空啦！」

就在這時，金迪問道：「你們餓了嗎？」

「**咕嚕嚕！**」沒等我開口，我的肚子已經回答了他。啊哈，難道在比賽開始前，金迪會請我們吃一頓豐盛的早餐？說不定他的直升機上裝滿了乳酪味的牛角包、塔列吉歐乳酪味的泡芙，還有**梵提娜乳酪味的奶昔**……

金迪繼續說道：「第三項考驗正是為了讓你們飽餐一頓！不過，你們得自食其力！」

帕露拉不禁抗議說：「這裏唯一能吃的就只有**椰子**……所有其他食物都已經被污染了！」

金迪點了點頭，說：「帕露拉，看來你的觀察力很強，這是一個大優勢！你們誰**找到**最多椰子，誰就是獲勝者。預備，出發！」

大家飛也似的衝進了森林。

椰子生長在高高的椰樹頂端，樹頂真是太高了！不，根本就是遙不可及！

莎莉得意地大喊：「這有什麼難的，哼！」

說完，她便開始拚命**搖晃**着一棵椰子樹。

❶ 很快，一顆椰子就掉了下來……不偏不倚砸在我的腳爪上！啊呀呀！痛死我了！

「快，謝利連摩，我們也趕快行動！」賴皮催促道。

❷ 我試着爬上一棵椰樹，就差這麼一點，我就可以碰到椰子啦！偏偏就在這時，我「嗖」一聲**滑**了下去，一屁股坐在地上。啊呀呀！

啊呀！

1

啊呀呀！

2

為什麼倒霉的總是我？！

3

賴皮直搖起頭，說道：「讓我來吧，你這個**大笨蛋**！」

只見他撿起一根長長的樹枝，在樹葉間撥動⋯⋯

3 終於，一顆椰子**掉**了下來，可是椰子又砸在我的腳爪上！啊呀呀！

為什麼，為什麼，為什麼倒霉的總是我？！

唉，我和賴皮幾乎沒什麼收穫。不過，莎莉和洛麗泰也好不到哪兒去，她們也沒有再撿到**更多的**椰子。

至於拉塔里奧公爵，他很快就表示不滿，說：「我絕對不會爬樹！要是讓我母親利卡提斯女公爵得知此事，她定會覺得是**奇恥大辱！**」

　　他和帕露拉‧帕球鼠兩手空空。突然，帕露拉大叫起來：「我有辦法了！賴皮，借我一個椰子！它和**欖球**也沒差多少……」

　　說完，她便信心十足地把椰子放到沙灘上，深吸了口氣，然後用力一腳，將它**踢**了出去。

椰子隨着她的一記

勁射，直飛高處，砸中

了一棵椰樹的樹枝……

啪啪啪啪啪！

椰子紛紛墜落！

好腳法！

這些椰子堆在一起，幾乎和她一樣高呢！

以一千塊莫澤雷勒乳酪的名義發誓，此時的我，已驚訝得瞠目結舌！

金迪・精明鼠目睹了比賽的整個過程，大聲宣布道：「**精彩絕倫**，聰明絕頂，無與倫比！第三場考驗的獲勝者是：帕露拉・帕球鼠和拉塔里奧・利卡提斯公爵！」

休息一下，謝利連摩！

這位前欖球比賽的冠軍選手將體育精神發揮得淋漓盡致，拉塔里奧公爵則盡顯紳士風度，他們將這堆椰子分給了我們一起享用。

「謝謝你們！」我一邊說，一邊拿起了一個椰子。

莎莉·尖刻鼠卻是一下子抱走了一整堆椰子，憤憤不平地說道：「反正你們自己又吃不完，哼！」

這時，金迪又再宣布：「各位，現在我宣布大家在過去三場考驗的成績：謝利連摩和賴皮得1分；莎莉和洛麗泰得1分；帕露拉和拉塔里奧公爵也得1分！總之，大家打成了平手！」

只見莎莉‧尖刻鼠向我射來冰冷的目光：「史提頓，你就別癡心妄想了。最後贏出的一定是我！哼！！！」

隨後，她又轉向金迪，說：「快點，大笨蛋，快公布下一場考驗是什麼？」

金迪回答說：「今天的考驗到此結束了。」

莎莉氣急敗壞地說：「什什什什什麼？」

金迪繼續說道：「禁止抱怨！你們可以在這片未受污染的沙灘上好好休息一下！」

拉塔里奧公爵卻十分嫌棄，說：「在我看來，這裏的污染十分嚴重！」

他說得沒錯，沙灘上到處都是垃圾，還瀰漫着一股噁心的氣味。嘔！

公爵流露出沮喪的神情，不禁用手爪抱住頭，吱吱叫道：「這股惡臭實在掃興！我得回去休息一下……」

說罷，他便返回了樹屋。

　　這時，賴皮湊到洛麗泰身邊，向她眨了眨眼，問道：「我們去散步，浪漫一下好嗎？」

　　莎莉·尖刻鼠卻擠到他們中間，說：「給我走開，笨蛋！我和洛麗泰得商……呃，得曬曬太陽！哼！」

　　她們就這樣走開了。於是，賴皮又去找帕露拉，和她一起踢椰子。而我呢，在沙灘上撿了一會兒垃圾之後，便決定抹上防曬霜，在海邊躺一會兒。

　　我累透了！真的太需要安寧了，哪怕只有片刻也好！就這樣，我閉上雙眼，準備好好放鬆一下。

　　討厭的是，我的鼻孔裏充斥着一股濃烈的惡臭……不過，我還是靜下心來，聆聽海浪拍打沙灘的聲音。漸漸地，我進入了夢鄉。

咕吱吱，兇猛的野獸啊！

我剛睡着，忽然⋯⋯

隆隆隆隆隆⋯⋯

這是什麼奇怪的聲音呀？

我半睜開一隻眼⋯⋯

嚕嚕嚕嚕嚕⋯⋯

我又半睜開另一隻眼⋯⋯

隆隆隆嚕嚕嚕啊啊啊隆隆隆！

以一千塊莫澤雷勒乳酪的名義發誓！難道是兇猛的野獸入侵了沙灘？！

「救命啊啊啊！」我驚恐萬分，倏地從沙灘上跳起來，往水裏跑。

　　我連想也沒想，就一頭栽進海裏，迅速**游泳**逃生。當我開始氣喘吁吁時，不禁回頭看了看沙灘。咦？根本沒有什麼野獸呀！只有……賴皮？

　　他一邊指着我，一邊笑個不停。

　　只聽賴皮大喊：「謝利連摩，你真是個**膽小鬼**！你難道不知道，我曾經學習模仿過許多野生動物的叫聲？嘻嘻嘻！」

　　我狼狽地游回到岸邊，渾身濕透。

救命啊啊啊！

「你太過分啦！」我一邊咆哮，一邊用毛巾到處擦着身體。

我再次躺了下來。漸漸地，太陽把我的毛皮曬乾了。海浪聲又成了搖籃曲，我的眼睛又慢慢閉上了。突然……

嘩啦！

一桶冰冷的水澆在我身上，從鬍鬚一直到尾巴。

「救命啊！」我不禁嚇得大喊。

救命啊！

又是賴皮！只見他的手爪還抱着**水桶**，對我説道：「啊，對不起啊，表哥！我還以為你需要提提神呢！」

「你太過分啦！」我一邊大吼，一邊走到別的地方。

無論如何，這次我一定要好好**休息**。直到確保賴皮已經走遠，我才重新躺下，慢慢放鬆，直到睡着。

我夢見自己在一片融化的**乾酪**海洋裏暢游。啊！乳酪是這樣濃郁，我的四肢幾乎都不聽使喚，划也划不動……哎呀，我的手腳真的動也動不了呢！

救命！

　　我突然驚醒，大聲呼喊道：「救命！」

　　原來，我身上竟然堆起了一座沙子城堡，害我動彈不得！

　　就在我拚命大喊的時候，一隻小蟹爬到了我身上，還撓了撓我的鼻子。

　　為什麼，為什麼，為什麼倒霉的總是我?!

　　這時，賴皮出現了。他壞笑着說道：「對不起啊，表哥，我和帕露拉正在進行一場沙雕比賽！」

　　「*快讓我起來！*」 此時的我，早已火冒三丈。

　　啊！我真是受夠了這些玩笑！

　　此刻已是傍晚時分，我徑直走向樹屋，倒頭就睡，連椰子也沒有吃一口。可是，我才睡了沒多久，就被屋外的「吱嘎」聲吵醒了。咕吱吱！

　　然後，是一陣腳步聲。咕吱吱！咕吱吱！

緊接着，有一個**黑影**，遮住了月光。

是兇猛的野獸嗎?! 這次外面真的有異動了！

我看看賴皮，他就窩在我身旁的睡袋裏熟睡。我壓低了聲音，對他說道：「喂！醒醒！快醒醒！」

賴皮的**呼嚕聲**仍是震耳欲聾，我看就連貓怪的叫聲也嚇不醒他！

我從睡袋裏悄悄地探頭查看。哎喲喂！真的有誰在外面……那看起來並不像一頭野獸，而是……**一隻女鼠**?!

是誰在那兒？

我鼓起勇氣，小聲說：「是誰在那兒？」

一把熟悉的聲音傳來了，說：「是⋯⋯是我，洛麗泰⋯⋯」

片刻之後，她的樣子清晰起來——果然是洛麗泰。她正朝着自己的樹屋走去。

呼！我不禁鬆了一口氣！

可是，都這麼晚了，她究竟在外面做什麼呢？

洛麗泰似乎看穿了我的心思一樣，悄聲說道：「每晚我都會散步一會兒，這是我維持身材的秘訣⋯⋯」

「洛麗泰可真是熱愛運動呀！」我心想，「而且還這麼温柔⋯⋯唉，真可惜，她的老闆是莎莉·尖刻鼠。」

於是，我向洛麗泰道了聲晚安，便回到我的睡袋裏，安然入夢。

你的方向感強嗎？

第二天早上，莎莉・尖刻鼠的**大呼小叫**把我從睡夢中驚醒。她從沙灘的一頭跑到另一頭，不停狂吼：「我餓啦！我餓啦！哼！！！」

洛麗泰試圖讓她冷靜下來，勸說：「別這樣，都已經是最後一天了……你想想，很快我們就能品嘗到豪鼠度假村裏的精緻美食……有蔦更左拉**乳酪餡餅**、塔列吉歐乳酪球、莫澤雷勒乳酪批……」

「夠啦夠啦！被你這麼一說，我就更餓啦！哼！」莎莉・尖刻鼠憤恨地説。

唉……我太理解她的感受了！再這麼繼續啃**椰子**，我也受不了啦！！

終於，金迪‧精明鼠的直升機出現在沙灘的上空。和之前一樣，他爬下梯子，把我們叫到他身邊，然後宣布：「**最後一場考驗**的時刻已經來臨！獲勝者將贏得豪鼠度假村的免費度假獎品！」

我緊張得渾身發抖，從鬍鬚尖一直到尾巴尖……你們知道的，我並不是一隻勇敢的老鼠！

金迪繼續說：「今天我們要比試的是……方向感！你們需要探索整個——注意，是整個悶臭港……當然，也包括森林！」

我的臉「刷」地變得如同莫澤雷勒乳酪一般**蒼白**。目前為止，我還算走運，沒有被野獸叼走……我才不要掉進牠們的**血盆大口**，成為牠們嘴裏的炸肉丸！

這時，金迪給每隊參賽者派發了一個信封，解釋道：「每個信封裏都有一張島嶼**地圖**，上面標示了前往第一個目的地的路線。」

莎莉·尖刻鼠迫不及待打開信封，立刻尖叫起來：「紙上明明只有一個數字和一個字母，哼！這是惡作劇嗎？！」

金迪回答說：「女士，禁止激動。**數字**和**字母**指的是地圖上的某個方格。找到方格就會

這就是最後一場考驗！

找到第一面**旗幟**⋯⋯」

「第一面旗幟？」我不禁問道。我完全不明白呀！

金迪解釋道：「每一支隊伍都必須先找到第一面旗幟，然後依次找出第二面旗幟。最先找到兩面旗幟並將它們帶回這裏的隊伍，就能**勝出這場**比賽！」

拉塔里奧公爵歎了口氣，說：「這似乎要大費周章⋯⋯」

帕露拉則用手肘推了推他，說：「加油！我們必須堅持到底！」

「沒錯！禁止洩氣！再說了，你們還有一個頂級指南針！」金迪一邊說，一邊將指南針交給了我們。

　　接着，他吱吱叫道：「各就各位！是次傳媒競賽的最後一項考驗，現在正式開始！」

謝利連摩和賴皮的地圖

累死鼠了啦！

莎莉‧尖刻鼠和洛麗泰看都沒看地圖，就邁開腳步，直奔森林而去。

嗯……**奇怪**！

難度是因為洛麗泰每天晚上散步，已經對島上的情況一清二楚，所以她們才會如此胸有成竹呢？嗯！應該就是這樣……

快！

累死 鼠了啦！

帕露拉和拉塔里奧公爵也緊隨其後，而我卻還在**查看**地圖……

「應……應該可以出發了，」我緊張地說。

賴皮大聲唸出了我們的目的地：「**E4！**」

我看着地圖，不禁大叫：「咕吱吱！這……這完全是在森……森林深處啊！」

賴皮走在前面，我跟在後面。我不停地環顧四周，只要聽到一丁點兒響動，便立刻**拔腿就跑**。咕吱吱！

我們從這裏穿過去！

我實在太緊張了，連地圖都顧不上查看。

突然，賴皮吱吱叫道：「表哥……你確定我們的**方向**是正確的嗎？」

我支支吾吾地回答說：「呃……是……是吧……我是說……也許……」

其實，我們周圍根本就沒有地圖上標出的那些小路，只有一些雜亂的野草、石頭，還有熏天的臭氣！

突然，一塊呈**海豚**形狀的巨大岩石出現在我們面前！

「啊，我在地圖上見過的！」我不禁歡呼。

但片刻之後，我就發現那塊岩石明明是在D2的方格裏……

我垂頭喪氣，不禁撓起鬍鬚，說：「我們走錯方向了！」

哎喲！怎麼這麼倒霉啊！

賴皮大喊：「謝利連摩！怎麼會有你這樣的大笨蛋！」

「快看看哪條才是正確的路線，不然我們永遠也找不到**旗幟**啦！」

就這樣，我重新拿起指南針，繼續上路，一路上……

❶ 我被**樹根**絆倒四次（*啊呀呀！*）

❷ 掉進了發臭的**污泥坑**兩次（*嘔！臭死啦！*）

❸ 被賴皮為了探路而撥開的**樹枝**打到臉蛋十三次（*啊啊啊啊啊！*）

最後，我已疲憊不堪，筋疲力盡！

就在這時，我們終於發現了那塊乳酪形狀的岩石。沒錯！我們已經抵達 E4 區域！

賴皮突然驚呼起來：「快看！那就是我們的旗幟！」

　　果然，和金迪說的一樣，小旗幟上綁着一張卡片。

　　「快看看上面寫了什麼……」賴皮興高采烈地說，「第二面旗幟在 C3 區域！」

　　我看看地圖，說道：「啊！不會吧！那是西北角，有一條急流……還要走很長一段路呢！」

　　為什麼，為什麼，為什麼倒霉的總是我？!

臭氣攻擊

我真的已經盡力了，但是要在這麼錯綜複雜的**森林**裏尋找方向，根本就是不可能的嘛！

「表哥，我們又回到了剛才的地方……」賴皮垂頭喪氣地說。

「我也不知道……但……」我又重新看了看手爪裏的地圖。

賴皮突然停了下來，驚訝地指着前方說：「你快看那兒……」

我以一千塊莫澤雷勒乳酪的名義發誓，他究竟看見什麼了呀？**兇猛的野獸？！**

你快看那兒！

　　我不禁驚嚇得渾身顫抖！我循着他手爪的方向看去……哈哈哈。

　　在我們面前的，居然是一隻長着深色毛皮的小動物，看起來乖巧得很呢！

　　「賴皮，你緊張什麼呀？那不就是一隻松鼠，或者浣熊，或者……」

　　「臭鼬！」賴皮大喊。

　　突然之間，那隻小動物露出了警戒的神情！

　　只見牠背過身去，將尾巴指向了我們。

　　賴皮使出渾身力氣，大喊道：「*快逃啊！*」

　　可是，已經來不及啦！一團煙霧從臭鼬的屁股底下升起……

噗噗噗噗噗噗噗噗

　　賴皮拽上我的一隻胳膊，撒腿就跑。與此同時，一股噁心的氣味也開始在空氣中蔓延……和它相比，悶臭港的那股**味道**根本就算不了什麼！

　　我和賴皮都拚命跑了起來。

　　每跑一步，我都會回頭，好看看那頭**臭鼬**是不是追在我們身後。很快，我就已經上氣不接下氣，疲憊不堪，渾身乏力！

「賴皮……我們應該可以……可以不用跑了……」我不停喘着粗氣説。

賴皮卻不理會我，鑽進了一堆茂密的灌木叢。

我只好跟在他身後，突然，眼前竟然出現了一片截然不同的風景！

嘩啊！原來樹叢中有一塊**空地**呢！

我環顧四周，不禁問他：「賴皮，你有沒有發現，這兒和森林裏別的地方很不一樣？」

賴皮嗅了嗅氣味，説：「謝利連摩，這次你終於説對了……這裏沒那麼臭！」

「這裏有一棵枝葉繁茂的**大樹**呢……」我指向空地中央的一棵山毛櫸。

「還有幾片青草地……」賴皮驚呼説。

「甚至還有一些小花！」我注意到一叢叢的

花朵，有幾隻蜜蜂在圍着花兒嗡嗡飛。

真是奇怪呢！

這怎麼可能？在這樣臭氣熏天、荒蕪偏僻的地方，居然會有一片綠意盎然的角落！我立刻拿出了地圖查看。

「這應該就是『乾枯林』。可是，它根本沒有乾枯啊！」我不禁叫道，「也許……也許悶臭港並不是像大家想的那樣，不可救藥呢！」

賴皮卻問道：「說到不可救藥……我們到底距離第二面旗幟還有多遠呀？」

我並沒有回答他。因為，就在大樹附近，我發現了異乎尋常的東西！

不同凡響的發現

在山毛櫸的樹根旁，生長着一株花朵，那可是我從未親眼見過的。它的莖部很幼細，白色的花瓣十分嬌嫩，形狀也極為奇特……

沒錯！那一定是幽靈蘭，那是一種**受到保護**的*稀有物種*！

幽靈蘭

這種花生長在溫暖濕潤的地方，莖部非常幼細，花朵像是懸掛在空中一般，猶如幽靈，因而得名。它沒有葉子，開花時間長，吸取腐殖質為養分。

我的妹妹菲，也就是《鼠民公報》的特約記者，曾經在她環遊世界的時候拍過幾株幽靈蘭樣本的照片。

　　真沒想到，在悶臭港的森林裏，居然會有這樣一片神奇的空地，生長出幽靈蘭這樣珍貴的稀有植物！

　　這就說明，這裏的大自然正在逐漸恢復，煥發生機！這真是一個不同凡響的發現啊！我激動得手舞足蹈！

　　這時，賴皮湊到了我身邊，一臉嚴肅地說：「表哥，這裏的景色是很美，但是我們必須離開了！下一面旗幟就在不遠的地方。」

　　眼前的風光讓我激動得連聲音都顫抖了！我馬上攔住了他，說：「不行，我們得立刻返回沙灘！立刻！悶臭港還有救啊！」

多麼不同凡響的發現呀！

賴皮焦急叫道：「什麼？表哥，難道你的腦袋裏全是融化的**乳酪**嗎？沒找到旗幟，我們怎麼回⋯⋯」

不等他說完，我搶着說：「你快看啊，賴皮！這裏有一朵**幽靈蘭**！你仔細看看啊！」

賴皮沒好氣地回答說：「什麼？你是說那朵顏色像**莫澤雷勒乳酪**的小花？」

我不禁抗議說：「那可不是一朵普通的小花！它是一種**珍稀物種**！我們必須回到妙鼠城，把這個不同凡響的發現告訴全體鼠民！」

　　賴皮卻不同意，說：「表哥，我們距離成功就只有一步之遙啦！我們不能在這個時候放棄呀！你想想豪鼠度假村的沙灘……想想蔚藍清澈的大海……高高的椰子樹……溫暖的陽光……我們先贏下免費假期，然後再把你的發現告訴大家，好不好？」

我心意已決，拚命搖頭說：「不行，不行，就是不行！這件事一刻也不能等！**真正難得罕有**的並不是只供VIP貴賓出入的豪華度假村，而是在於悶臭港珍貴的大自然復蘇！這裏飽受多年**污染**之後，現今大自然正在逐漸恢復，重新煥發生命力！」

意想不到的狀況⋯⋯

好不容易，我終於説服了賴皮。

「好吧好吧，表哥⋯⋯算你走運，遇上我——妙鼠城有史以來最優秀的**花匠**！不是我吹牛，我真的贏過一座**獎盃**呢！你知不知道？」

就這樣，我們折返了森林。繞啊繞啊繞，在幾次迷路之後，終於，我們回到了悶臭港的堤壩，它就正對着**燈塔**。

金迪・精明鼠正躺在一張躺椅上，椅子旁設置了幾個喇叭。此刻，他在一邊品嘗着馬斯卡波

冰奶昔，一邊享受着溫暖的 陽光 和搖滾音樂。

看見我們出現，金迪便關上喇叭，向我們打招呼，說：「你們來啦！有沒有找……」

我立刻打斷了他，說：「我有一個消息要宣布！」

就在這時，莎莉·尖刻鼠突然出現在我面前，尖叫道：「現在唯一需要宣布的重要消息就是：我是這次比賽的冠軍！哼！！！」她一邊叫喊，一邊在我眼前揮舞起她們找到的兩面**旗幟**。

我是這次比賽的冠軍！

我吱吱叫道：「我要宣布的事遠比這個重要……」

　　我還來不及說下去，帕露拉和拉塔里奧公爵又出現在堤壩上。他們看來似乎正在**吵架**。

　　「我早就跟你說了，應該向右轉！」帕露拉激動地揮舞着手爪。

應該向右轉！

　　拉塔里奧公爵也不示弱，說：「那你就右轉，看你會不會掉進**荊棘叢**裏！」

　　帕露拉憤怒地說：「你的意思是，沒有找到**旗幟**，是我的錯了?!」

拉塔里奧再次反駁説：「我是説，你這麼激動，我們如何繼續尋找呢？」

　　金迪‧精明鼠終於聽不下去了，説：「唏，禁止爭吵！尋找第二面旗幟原本應該是小菜一碟，怎麼就變成這樣了呢……」

　　這時，莎莉‧尖刻鼠突如其來的喊叫蓋過了一切聲音：「你們全都輸了！哼！」

　　接着，她緊緊抱住洛麗泰，高聲説：「我們贏了！豪鼠度假村的獨家新聞全都歸我們所有啦！哼！！！」

　　可是，她的動作太大，抱得太緊了，弄斷了洛麗泰的項鏈。

項鏈掉在地上了！

洛麗泰連忙將它撿起，就在這時，那項鏈吊墜居然開始……說話！

它竟傳來了一把男鼠的聲音，聽起來像是一段錄音：「你們聽好，這場考驗是關於方向感的。金迪‧精明鼠會給你們一張地圖和一個指南針。我告訴你們，應該怎麼進行破壞……」

咕吱吱！
這到底是怎麼一回事呀？！

競賽間諜

我不禁吱吱叫道：「在洛麗泰的吊墜裏，居然藏着一個傳輸裝置，能夠接收資訊！」

賴皮不禁大喊：「我以貓怪鋒利的爪子發誓！不是說禁止使用手提電話或通訊設備嗎？她們作弊！」

帕露拉又説：「比賽結果應該作廢！」

大家的目光紛紛投向洛麗泰，她則拼命搖頭，説：「不⋯⋯不是，呃⋯⋯」

金迪也揮舞起手爪來，説：「我認出那個聲音了！那是《老鼠怨言》日報的記者！昨天

我接受了他的獨家*探訪*，把最後這場考驗的細節都告訴了他……」

「他竟把一切*洩露*給了莎莉和洛麗泰！」帕露拉厲聲說道。

金迪頓時火冒三丈，說：「那隻奸狡陰險的老鼠！竟敢**欺騙**我金迪・精明鼠！！」

拉塔里奧公爵在一旁吱吱叫道：「此等陰謀，真是聞所未聞！」

　　我搖了搖頭，說：「大家等等！我也認出了那一把聲音……沒錯，那確實是一名記者，但據我所知，老鼠島上**根本沒有**一份報紙是叫《**老鼠怨言**》的！」

　　我轉身看向莎莉・尖刻鼠，她卻一副若無其事的樣子，假裝在欣賞自己塗上了紫色指甲油的手爪。

　　我用手爪指向她，說：「那個明明就是**澤比諾・狡猾鼠**的聲音，他是《老鼠日報》的編輯部主任！你還不承認嗎？」

　　只見莎莉向我射來一道冰冷的目光，嚷嚷道：「史提頓，這個世界本來就不需要遵守規則，哼！我們贏了就是贏了！為什麼你還不乖乖認輸？！」

　　金迪打斷了我們說：「給我停下來！在我弄清真相之前，誰都別想贏！」

　　悶臭港的沙灘上，氣氛突然變得異常沉重。大家誰也不說話。

　　不久，洛麗泰打破沉默，只見她一臉沮喪地說：「你們說得沒錯……莎莉·尖刻鼠的確要我把一個裝置**藏**好，用它來和編輯部主任澤比諾·

狡猾鼠通訊。這樣，對方就能幫助我們通過考驗！我們先是根據他的**指令**，建起了一間完美的樹屋……接着，他又採訪了金迪·精明鼠，提前得知了最後一場考驗的細節！所以，我們早就知道了有關找尋**旗幟**的任務……」

澤比諾·狡猾鼠

此刻，在她一旁的莎莉開始瘋狂揮舞手爪，彷彿是要捏扁一羣看不見的蒼蠅。

咕吱吱！她看起來就像是氣瘋了呢！

洛麗泰上前了一步，繼續說道：「莎莉‧尖刻鼠強迫我在**夜晚**去森林裏尋找對手的第二面旗幟，並把它們藏起來……」

以一千塊莫澤雷勒乳酪的名義發誓……原來她在夜裏散步，並不是為了維持身材呀！

帕露拉驚呼說：「難怪我們怎麼也**找不到**第二面旗幟……原來它根本就不在那裏！」

最後，洛麗泰轉向莎莉，說道：「對不起，我實在無法繼續撒謊……我所接受的教育告訴我：記者應該要*說真話！*」

　　莎莉·尖刻鼠暴跳如雷，拼命用腳踩堤壩，憤怒地說：「我真是受夠啦！我宣布：洛麗泰，你被解僱了！哼！從明天起，別讓我在《老鼠日報》看到你！你的記者生涯就此完蛋啦！哼！」

　　說完，她便獨自走開了，嘴裏依然**喋喋不休**，大喊大叫。

喜出望外！

　　金迪・精明鼠轉身看向我們，宣布道：「朋友們，現在**真相大白**，獲勝的一隊……啊，不！我是說，應該有兩支隊伍獲勝，包括：帕露拉・帕球鼠和拉塔里奧・利卡提斯公爵一隊，還有謝利連摩・史提頓和他的表弟賴皮一隊！他們都贏得了豪鼠度假村的豪華度假獎品！恭喜大家勝出！」

　　他一邊說着，一邊打開喇叭，跳起舞來。

　　賴皮不禁歡呼：

「豪鼠度假村，我們來啦！」

豪鼠度假村

恭喜閣下
贏得豪鼠度假村
豪華度假
免費招待！

帕露拉和拉塔里奧公爵高興地**擁抱**在一起。

「真對不起，之前對你這麼兇！」帕露拉的雙眼閃爍着光芒。

拉塔里奧公爵回答説：「我也不對，不該盛氣凌人！」

啊，看見他們這樣，就連我也**感動**得鬍鬚亂顫呢！

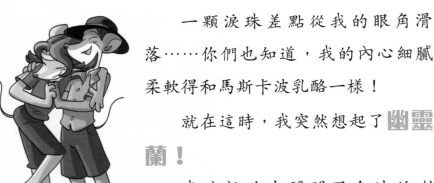

一顆淚珠差點從我的眼角滑落……你們也知道，我的內心細膩柔軟得和馬斯卡波乳酪一樣！

就在這時，我突然想起了**幽靈蘭**！

我連忙跑去關閉了金迪的喇叭。他不禁吱吱叫道：「喂，謝利

連摩，你幹什麼呀？」

　　我一臉嚴肅地說：「我們得立刻返回妙鼠城！」

　　金迪不禁抗議說：「為什麼呀？慶祝活動才剛開始！禁止掃興！」

　　我以堅決的語氣，回答說：「我們必須返回妙鼠城，**立—刻！馬—上！**我們有一個極為重大的發現要向大家宣布！」

　　終於，大家都冷靜下來，開始聽我說話。就這樣，我一五一十地把剛才和賴皮在森林裏發現幽靈蘭的經過**告訴**了大家。

　　「這就說明：儘管悶臭港看起來又髒又臭，那裏的生物多樣性*卻十分繁茂可觀……」拉塔里

＊生物多樣性：是指出現在一片區域內的各種動物、植物和微生物等物種，在各自的生活環境中發揮不同的功能，維持着生態平衡。

奧公爵評論道。

　　「我們得儘快把這個消息告訴大家！」洛麗泰又說。

　　就連金迪也表示同意：「趕快出發！幽靈蘭絕對是一項**頂級發現**⋯⋯而且還會為這個地方帶來更多價值！」

　　他的眼裏閃爍出了光芒⋯⋯

嗯⋯⋯這可真是難得呀！

　　就這樣，大家全都登上了直升機，就連莎莉・尖刻鼠也不例外，雖然她還在大喊大叫。但對她來說，也是時候**回家**啦！

《鼠民公報》獨家新聞

僅僅過了兩天，《**鼠民公報**》已經準備就緒，即將發布這則獨家新聞。

我心裏七上八下，坐立不安，啊⋯⋯

簡直緊張死啦！

我在編輯部大樓裏上下奔走，不停提問：

「一切已準備就緒？有沒有檢查過文章？」

「已經檢查了七遍，總編緝！」一名編輯回答道。

「網上**電子版**呢？有沒有問題？」我又問。

「放心吧，總編緝！」網站管理員告訴我，「我們即將上傳！」

「那麼照片呢？**照片**加了嗎？」我繼續問。

「當然啦，親愛的哥哥。我親自去了一趟**悶臭港**！你看，是不是圖文並茂？」我的妹妹菲一邊說，一邊打開平板電腦，向我展示文章**預覽**。

> 謝利連摩‧史提頓
>
> **鼠民公報**
> 老鼠島上最棒舍的報紙
>
> **幽靈蘭驚現悶臭港**
>
> 儘管悶臭港在近年飽受污染之苦，一絲曙光在近日出現：在島上森林深處，有一片與世隔絕多年的空地，大自然正在重新煥發生機！

我正讀着，賴皮突然從背後拍了下我的肩膀，害我一下跳了起來！

「表哥，你怎麼看起來這急躁？哈哈，也難怪！為了這個報道，我們差點輸掉比賽！」

我安慰賴皮說：「我知道當時你一定在怪我！但拯救悶臭港是正確的選擇，哪怕我們贏不到**獎品**！你想想，如果這期報紙能夠大賣，我們就有盈餘讓大家去度假嘛……」

菲也在一旁和應，說：「我敢肯定，這期**報紙**一定會引起熱烈迴響！我們可以募集到一筆捐款，清理那兒的沙灘、水道和空氣，還可以把**工廠**舊址變成一個動植物觀測和保護中心！」

　　賴皮不禁歎了口氣，說：「唉，好吧，雖然我很想去度假村好好**享受**一番……」

　　就在這時，我的電話響了：「叮鈴鈴！叮鈴鈴！叮鈴鈴！」

　　「喂？我是洛麗泰‧托瑪，」電話那頭的聲音清脆而歡快，「我已經看到了《**鼠民公報**》網站上關於悶臭港的報道……恭喜你，謝利連摩！寫得***真好！***」

　　「謝……謝謝……」因為害羞，我連話都說不清了。

　　「其實，我也讀了你的文章……你也毫不遜色呢！」

對了！你們還不知道吧？在離開了《老鼠日報》之後，洛麗泰開設了自己的**網站**，名為「**時尚，但不說謊！**」，而且已經吸引了大批支持者……哈，讓莎莉·尖刻鼠嫉妒得直咬手爪呢！

果然不出菲所料，那一期的《**鼠民公報**》大獲成功。在之後的幾個月裏，我們又陸陸續續發表了許多關於悶臭港的專題報道**文章**，報章的銷量和讀者瀏覽數量均創下了歷史紀錄！

這些報道在社會上引起了很大的迴響。社會各界積極為悶臭港籌辦慈善活動和環境治理工程，令我突然有了一個想法……

一天早上，我敲響了賴皮的家門，說：「賴皮，我有一份禮物要送給你！」

　　賴皮的眼神瞬間閃出光芒，問道：「是什麼，是什麼，是什麼？」

　　「這是一張『專業精明旅行社』的現金代用券，讓你享受一個愜意的周末。至於地點……當然是……悶臭港！」

　　哈哈，各位親愛的鼠民朋友，如今，那裏的沙灘潔淨，大海蔚藍清澈，森林生機勃勃。當地開發了不少林間小路讓遊客親近自然，而且還有專業的導遊為遊客介紹島上獨特的生態環境，當中又怎能缺少介紹那裏稀有迷人的幽靈蘭呢！

　　最重要的是，那裏的空氣終於不再臭，更瀰漫着花兒的香氣了……

　　如今，它已變得不同凡響，不該再叫它「悶臭港」啦！

就連賴皮也終於承認，說：「表哥，説不定那裏比**豪鼠度假村**的環境還要好！看見大自然漸漸恢復，重新煥發生機，這個獎勵比什麼都重要！」

所以，請你們永遠記得：一定要善待

自然，善待**地球**喔！

　　因為，這可是我們共同的家園！

　　嘿嘿，這是史提頓說的，

謝利連摩‧史提頓！

妙鼠城

老鼠島

1. 大冰湖
2. 毛結冰山
3. 滑溜溜冰川
4. 鼠皮疙瘩山
5. 鼠基斯坦
6. 鼠坦尼亞
7. 吸血鬼山
8. 鐵板鼠火山
9. 硫磺湖
10. 貓止步關
11. 醉酒峯
12. 黑森林
13. 吸血鬼谷
14. 發冷山
15. 黑影關
16. 吝嗇鼠城堡
17. 自然保護公園
18. 拉斯鼠維加斯海岸
19. 化石森林
20. 小鼠湖
21. 中鼠湖
22. 大鼠湖
23. 諾比奧拉乳酪峯
24. 肯尼貓城堡
25. 巨杉山谷
26. 梵提娜乳酪泉
27. 硫磺沼澤
28. 間歇泉
29. 田鼠谷
30. 瘋鼠谷
31. 蚊子沼澤
32. 史卓奇諾乳酪城堡
33. 鼠哈拉沙漠
34. 喘氣駱駝綠洲
35. 第一山
36. 熱帶叢林
37. 蚊子谷
38. 鼠福港
39. 三鼠市
40. 臭味港
41. 壯鼠市
42. 老鼠塔
43. 妙鼠城
44. 海盜貓船
45. 快活谷

《鼠民公報》大樓

1. 正門
2. 印刷部（印刷圖書和報紙的地方）
3. 會計部
4. 編輯部（編輯、美術設計和繪圖人員工作的地方）
5. 謝利連摩·史提頓的辦公室
6. 花園

老鼠記者 Geronimo Stilton

與 老鼠記者一起 歷奇探險走天下！

親愛的鼠迷朋友，
下次再見！

謝利連摩・史提頓

Geronimo Stilton